Este libro pertenece a:

Avril

¡Hola! Soy el conductor del autobús. Oye, tengo que irme un momentito, ¿podrías hacerte cargo de todo hasta que vuelva? Gracias. Ah, y recuerda:

¡No dejes que la Paloma conduzca el autobús!

palabras y dibujos de mo willems

Traducido por F. Isabel Campoy

HYPERION BOOKS FOR CHILDREN / New York

This book is hand-lettered by Mo Willems, with additional text set in Helvetica Neue LT Pro and Latino Rumba/Monotype.

Primera edición en español, abril 2011
20 19 18 17 16 15 14 13 12 11 • FAC-039745-21280
Impreso en Corea del Sur
Catalogado en la Biblioteca del Congreso. Datos de publicación en archivo.
ISBN 978-1-4231-4052-8

Visite www.hyperionbooksforchildren.com y www.pigeonpresents.com

para cher

¡Seré tu mejor amigo!

¿Y si te doy cinco billetes?

¡No es justo!

Te apuesto que tu mami me dejaría.

¡¡¡DÉJENME EL

EL

¡La paloma ha vuelto! Y ¡encontró un perro caliente! Pero un hambriento (y muy astuto) patito entra en escena y quiere un bocado. ¿Cuál de los dos será el más listo?

¡La Paloma encuentra un perro caliente!

Con la aparición estelar de: ¡El patito!

palabras y dibujos de mo willems

GANADOR DEL HONOR CALDECOTT POR EL LIBRO *DON'T LET THE PIGEON DRIVE THE BUS!*

Disponible en todos los lugares donde vendan libros. HYPERION BOOKS FOR CHILDREN

Pigeon Presents.com